AF360626

INSTITUT DE FRANCE.

ACADÉMIE FRANÇAISE

DISCOURS

PRONONCÉS DANS LA SÉANCE PUBLIQUE

TENUE

PAR L'ACADÉMIE FRANÇAISE

POUR LA RÉCEPTION

DE M. LE VICOMTE H. DE BORNIER

Le jeudi 25 mai 1893.

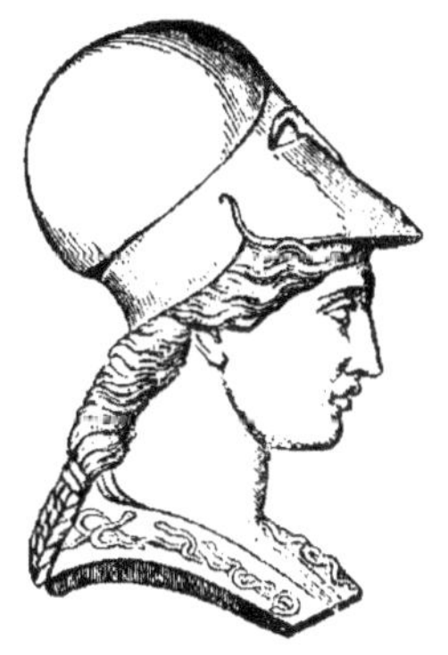

PARIS

TYPOGRAPHIE DE FIRMIN-DIDOT ET Cie

IMPRIMEURS DE L'INSTITUT DE FRANCE, RUE JACOB, 56.

M DCCC XCIII

ACADÉMIE FRANÇAISE.

M. le vicomte Henri DE BORNIER, ayant été élu par l'Académie française à la place vacante par la mort de M. Xavier MARMIER, y est venu prendre séance le jeudi 25 mai 1893, et a prononcé le discours suivant :

MESSIEURS,

M. Xavier Marmier avait l'habitude de nous dire : « Je « ne suis pas complètement heureux quand il m'arrive des « bonheurs qu'un ami n'a pas obtenus encore. »

Plus tard, j'ai appris, par la confidence de ses parents les plus proches, qu'il voulait bien songer à moi en me parlant de la sorte, et que, dans ses dernières années, il me souhaitait souvent ce qui a été la grande joie et le grand honneur de sa vie.

L'Académie française a sans doute deviné ce secret désir, puisque, grâce à votre bienveillance, je succède à l'excellent confrère, à l'écrivain si distingué qu'elle regrette.

Le seul espoir dont j'ose me flatter, c'est de parler de lui avec cette sympathie de l'esprit et du cœur qu'il inspirait à tous ceux qui furent accueillis dans son intimité ; c'est de lui rendre pleine justice en résumant les impressions que la conformité des goûts, des pensées et de la carrière peut donner à un homme sur un autre homme. J'ai eu l'honneur de bien connaître M. Xavier Marmier : ce n'était pas difficile : personne n'avait plus de franchise et d'abandon ; je ne veux pas dire que ce fût en lui un mérite, car il n'avait qu'à y gagner.

M. X. Marmier a aimé surtout trois choses : les voyages, les livres..., je tâcherai d'expliquer tout à l'heure quelle était la troisième.

Les voyages d'abord. Avant la Révolution française, les grands poètes ne voyageaient guère. Corneille partait de Rouen, non pas pour admirer les paysages, il n'en avait pas besoin pour peindre

« Cette obscure clarté qui tombe des étoiles »

Non : il allait à Paris porter le *Cid*, *Horace* ou *Cinna*. Racine fut moins sédentaire : dans sa jeunesse, il alla jusqu'à Uzès ; mais c'était avec l'espoir d'être prieur. Regnard est allé plus loin, presque aussi loin que M. X. Marmier, jusqu'en Laponie, mais il ne songeait pas encore à écrire des comédies, et ce n'est point son esclavage à Alger et à Constantinople qui a pu lui inspirer les *Folies amoureuses*. La Fontaine fit un voyage en Limousin, qu'il racontait à sa femme en des lettres intéressantes et pittoresques. Ce qu'il y rencontra de plus curieux ce fut un de ses parents qui devait avoir Voltaire parmi ses descendants; on le voit, il ne faut pas compter La Fontaine au nombre des poètes voyageurs, et Voltaire non plus. Voltaire prenait la route de Ferney, mais en seigneur qui va revoir ses domaines; il alla aussi en Angleterre, et n'eut pas à regretter le voyage, puisqu'il y découvrit Shakspeare; la fantaisie lui vint d'aller en Prusse, mais il y fut moins heureux.

En ces temps-là, les poètes voyageaient donc pour leur plaisir ou leurs affaires, et non pour demander à la nature des inspirations et des idées nouvelles; ils n'allaient pas chercher la collaboration mystérieuse des océans lointains, des continents inexplorés, des montagnes inaccessibles, des vastes savanes de l'Amérique, des arides déserts de l'Arabie ou des banquises formidables du Groenland : leur pensée, toujours repliée sur elle-même, leur suffisait.

Dès les premiers jours de la Révolution il en fut autrement.

Les grands écrivains du romantisme ont dû peut-être une part de leur génie à ces courses, volontaires ou non, à travers le monde. Pour en nommer quelques-uns seulement, Chateaubriand rapportait d'Angleterre la pensée du *Génie du Christianisme*, d'Amérique les *Natchez, Atala* et *René;* plus tard il revenait d'Afrique et d'Asie avec les *Martyrs*. Mme de Staël, qui voyagea souvent malgré elle, en voulait un peu moins, je suppose, à ceux qui lui ouvraient les chemins de l'exil quand elle y trouvait *Corinne* et ce livre qui est une date, *l'Allemagne*. Victor Hugo, longtemps après, écrivait sur les bords du Rhin ses lettres d'une originalité grandiose et il y rencontrait un soir,

parmi les larges ombres tombant sur le fleuve, ce *grand
Chevalier d'Alsace Eviradnus*, le héros d'un des plus
nobles et des plus émouvants poèmes de la *Légende des
Siècles*. Alfred de Musset fit le voyage de Venise, mais pour
souffrir ; il est vrai que le cri de sa douleur s'est appelé
la *Nuit d'octobre*. Alexandre Dumas, dont la prodigieuse
imagination n'aurait pas eu besoin des impressions exté-
rieures, voyageait cependant beaucoup, en touriste, en
auteur dramatique et surtout en mousquetaire, sachant
bien qu'il ferait de bonnes connaissances, que Porthos
l'attendait sur la route de Picardie, Athos sur celle de
Blois, d'Artagnan sur celle de Gascogne, et Aramis sur
tous les chemins mystérieux.

Cette soif ardente de l'inconnu qui tourmente les poètes
modernes, Lamartine l'a expliquée en ces vers admirables
que M. X. Marmier nous récitait souvent et dont il voulait
faire la préface à un Guide poétique du voyageur :

> Notre âme a des instincts qu'ignore la nature,
> Semblables à l'instinct de ces hardis oiseaux
> Qui leur fait, pour chercher une autre nourriture,
> Traverser d'un seul vol l'abîme aux grandes eaux.
>
> . . . .
>
> Moi j'ai comme eux le pain que chaque jour demande,
> J'ai comme eux la colline et le fleuve écumeux;
> De mes humbles désirs la soif n'est pas plus grande,
> Et cependant je pars et je reviens comme eux.
>
> . . . .

M. X. Marmier n'eût pas permis de citer aucun des vers
qu'il nous a légués après des vers de Lamartine.

Et cependant que de grâce, de variété, de charme et de
mélancolie dans ses *Poésies d'un Voyageur!* Elles ont sur-

tout un mérite plus rare qu'il ne semble : la sincérité.

Être sincère, en vers comme en prose, c'est plus qu'une qualité, c'est presque une vertu, et une vertu d'autant plus méritoire qu'elle compromet souvent celui qui la pratique! Il ne s'en doute pas, il ne prévoit guère les inductions malignes, les fâcheux commentaires, les calomnies odieuses que l'on pourra tirer de ses aveux loyaux; s'il s'en doutait, peut-être briserait-il sa plume.

M. X. Marmier ne songea point à briser la sienne : en lui la sincérité n'était pas seulement naturelle, mais, pour employer un mot dont on abuse un peu, inéluctable. De là le principal attrait de ses récits de voyage et de ses romans, et on n'est point tenté, par exemple, de l'accuser d'un enthousiasme factice quand il s'écrie : « O grande, noble, sublime nature, temple de Dieu, salutaire refuge des cœurs blessés, combien peu d'hommes sentent le charme suprème de ta beauté (1)! »

Cet enthousiasme, qu'il ne perdit jamais, même aux heures où tant d'autres enthousiasmes s'envolent loin de nous, M. X. Marmier l'avait ressenti dès sa première jeunesse. A vingt ans, il partait pour l'Allemagne, allant à pied le plus souvent, la bourse légère et le cœur plein. Il aimait l'Allemagne, non point toutefois sans quelques mouvements d'inquiétude. Comme Victor Hugo plus tard, quand un étudiant allemand le saluait des mots accoutumés : *Vivat Gallia regina!* il répondait sans doute : *Vivat Germania mater!* Mais il sentait déjà vaguement que l'on doit prendre garde à la tendresse de certaines mères!

____

(1) *Voyage en Suisse*, ch. VII.

Le jeune voyageur, s'il n'était pas riche, trouva tout de suite le moyen de payer ses frais de route : ce fut de raconter ses voyages. Il a expliqué, en quelques pages d'une bonne humeur exquise, comment, à Leipzig, il apprit l'allemand assez vite et assez bien pour traduire des Contes populaires et pour faire avec plus de luxe un second voyage. Je crois que ce luxe consistait à acheter des livres pour apprendre toutes les langues depuis l'espagnol jusqu'au russe ; il aurait même appris le groelandais, mais c'était une langue trop simple et trop facile pour lui.

C'est ainsi, avec cet argent fièrement gagné, qu'il a pu voir l'Amérique, l'Asie, la Russie, le Spitzberg, tout ce qui tentait ses aventureuses curiosités. Les récits qu'il en a faits sont aussi charmants qu'instructifs : charmants, parce qu'on y voit partout l'homme de cœur ; instructifs, parce que l'on y sent l'érudit qui a puisé aux vraies sources et dont la mémoire est aussi sûre que le jugement. M. X. Marmier sait tout sur les pays qu'il visite, les légendes, les élégies, les poèmes, les drames, l'histoire naturelle ; il nous raconte aussi bien l'existence d'un roi ou d'un grand poète que la vie du plus humble artisan ou d'une bergère de la montagne ; il admire les palais superbes, les donjons, les cathédrales, et il s'arrête pour écouter un oiseau qui chante dans la haie ou cueillir une fleur au bord du chemin ; son instinct poétique y trouve son compte, mais son érudition n'y perd rien de ses droits, et il a écrit un de ses meilleurs livres sur les oiseaux et les fleurs ; c'est, je crois, celui qu'il préférait ; peut-être avait-il raison : les fleurs et les oiseaux n'attristent jamais leur historien.

M. Cuvillier-Fleury a dit en lui souhaitant ici même la

bienvenue que les romans de M. X. Marmier sont encore
des voyages. Rien n'est plus juste, et l'on peut ajouter
qu'il a créé un nouveau genre de romans, ce qu'on appelle
aujourd'hui les *Voyages extraordinaires*. La poétique en
est fort simple : choisir un sujet qui se puisse raconter
en quelques lignes, et cependant en faire tout un volume,
dont l'intérêt sera dans les descriptions, les souvenirs
historiques, les peintures de mœurs et les épisodes.

Qu'est-ce que *Gazida*, le roman de M. X. Marmier? Un
jeune Canadien épouse une jeune Indienne après un petit
nombre de péripéties ; mais l'auteur trouve moyen de nous
dire en détail ce qu'il sait sur les premiers habitants du
pays, sur le Canada, cette terre restée française, car une
terre reste toujours française quand nos soldats ont préféré
y mourir, plutôt que de la vendre.

Presque tous les romans de M. X. Marmier sont écrits
dans ce système, si le mot système peut convenir aux
œuvres d'un écrivain qui suivait la pente de sa nature et
ne se hasardait pas aux théories.

Voilà, ce me semble, l'honneur qui doit rester attaché
à son nom : il a indiqué une route nouvelle au talent de ses
successeurs, et les romanciers, qui sont une race reconnais-
sante, se plaisent à le proclamer.

De ces voyages lointains M. X. Marmier rapportait
mieux que des ouvrages remarquables. L'abbé Régnier-
Desmarais, qui fut secrétaire perpétuel de l'Académie française, écrivait dans son *Voyage à Munich*, en 1680, les
deux vers si connus :

> Rarement à courir le monde,
> On devient plus homme de bien !

Il aurait écrit le contraire, s'il avait connu M. X. Marmier.

Dans ses romans, les personnages qu'il préfère, ceux qui sont nés de son cœur et de ses meilleures pensées, sont courageux, probes, fidèles, mais surtout ils sont bons; on sent que l'auteur en a trouvé le modèle en lui-même; ils ont, comme lui, ce don de sympathie qui est le charme le plus pénétrant de toutes les œuvres d'art.

On a remarqué avec raison qu'il manquait un loup dans les bergeries de Florian : on ne saurait exiger toutefois qu'il n'y ait que des loups dans la bergerie ! Ils se mangeraient sans doute entre eux, malgré le proverbe ; mais ce spectacle, pour être rassurant, n'en serait pas plus agréable à voir.

M. X. Marmier fut toujours de cet avis. Il excelle à la peinture des braves gens; quand il est obligé, au contraire, de peindre un méchant, un ingrat, un égoïste, un hypocrite, son talent s'y refuse par une sorte de pudeur qui sied à un écrivain comme à une femme : quelques lignes pour expliquer le caractère d'un coquin, cela lui semble du temps volé à la vertu.

Non seulement il s'ingénie à rendre ses héros meilleurs, mais il s'améliore lui-même en écrivant : dans un de ses romans, se trouve une page qui ressemble à une vengeance personnelle, et la page est d'un accent très rude, car un coup d'aile du cygne est redoutable, dit-on. Il en eut, je le sais, quelque repentir, et, en y ajoutant ce que nous apporte l'expérience, il revint pour toujours à cette bonté qui lui était naturelle, comme à d'autres la malice, l'envie et l'ironie. C'est le charme et le rare mérite de ses œuvres romanesques.

La même louange est due à ses récits de voyages. Certes,

dans les nombreux pays qu'il visite, les souvenirs du passé
se présentent en foule à son esprit ; il raconte avec habi-
leté les batailles d'autrefois, les villes prises d'assaut,
les couronnements de rois et d'empereurs, les gloires et
les tristesses des peuples ; mais il se plaît visiblement à
nous montrer dans le cœur des hommes les qualités tou-
chantes, les émotions nobles et douces ; son style s'atten-
drit à reproduire un trait de bienfaisance, les choses les
plus simples, une fermière qui offre du pain et du lait à un
petit enfant, un humble conducteur de diligence qui donne
son manteau à une jeune fille glacée par le froid, un soldat
blessé recueilli par un prêtre, toutes les bonnes actions
dont il est le témoin ; il n'oublie que les siennes, mais on les
devine au plaisir qu'il éprouve à raconter celles des autres.

Régnier-Desmarais se trompait donc, Messieurs, et,
grâce à M. X. Marmier, nous pouvons modifier un peu ses
deux vers :

> Très souvent à courir le monde
> On devient plus homme de bien.

Homme de bien et meilleur patriote encore, meilleur
Français. M. Xavier Marmier en fut la preuve vivante :
plus il est loin du sol natal, plus son âme s'en rapproche,
et nous n'avons qu'à prendre au hasard parmi les vers
émus où il parle de la patrie absente, où il évoque par la
pensée les lieux et les êtres qui lui sont chers, ses amis qui
se disent peut-être : A présent que fait-il?

Ce qu'il fait? N'en doutez pas, il songe au retour. C'est
lui qui a écrit ce mot si juste : « L'absence est une mort
temporaire. » Il a raison : le retour au pays natal est
comme une résurrection du cœur. Un Français — et qui

a été plus Français que M. X. Marmier ? — est sans doute le modèle des voyageurs : il ne se moque presque de rien, s'étonne encore moins, regarde les hommes et les choses avec le même sourire joyeux, car il a fait, avant de partir, sa provision d'indulgence, de verve et de gaîté. Cependant, peu à peu, la provision s'épuise, une lente tristesse s'empare de lui. Le Parisien voyageur — il n'y a plus guère que des Parisiens en France — s'aperçoit que bien des choses lui manquent à présent : la flânerie sur les boulevards, son cercle, son journal dont il n'était jamais content, les séances de la Chambre où il n'est jamais allé, les premières représentations, les soirées mondaines pour lesquelles il s'habillait en maugréant, et le voilà triste ! Les longues tristesses lui seraient intolérables : il prend le premier train qui le rapprochera de la France ; lui qui, à l'exemple de M. Thiers, regrettait les diligences, il comprend et admire les chemins de fer, il se confie sans crainte à la locomotive, à ce *rude aveugle* dont parle Alfred de Vigny. Plus vite ! plus vite encore ! Voici la France ! il le sent bien à un je ne sais quoi qui est dans l'air et qui dilate le cœur. C'est elle ! c'est la frontière ! c'est la première gare ! Il descend en hâte, achète d'abord tous les journaux, et il trouve, ce jour-là, que tous ont raison ! Quelquefois il lui arrive mieux encore : des soldats en marche passent devant lui ; il peut voir, comme un poète que vous aimiez, Joseph Autran,

Le jeune colonel et le vieux régiment,

et il trouve que c'est bien. Si c'est le colonel qui est vieux, si c'est le régiment qui est jeune, il trouve que c'est bien encore, car ce sont nos soldats qui passent, alertes, prêts pour ce que Dieu prépare, graves par les souvenirs, gais par les espérances et marquant déjà le pas de la victoire! Alors le voyageur sent des larmes monter à ses yeux en regardant le drapeau qu'il n'a pas vu depuis si longtemps, et il se console d'en avoir vu d'autres!

Personne n'a plus profondément ressenti ni mieux exprimé que votre éminent confrère ces allégresses du retour, et ce patriotisme de son esprit et de son cœur lui sera compté autant qu'un beau livre.

Quand il avait bien couru ainsi du pôle Nord au pôle Sud, M. Xavier Marmier venait se reposer dans cette riche bibliothèque de Sainte-Geneviève dont il était conservateur. Se reposer? Je me trompe : un bibliothécaire ne se repose jamais, quoi qu'en disent les malins; un bibliothécaire est une espèce particulière de voyageur.

Dresser le plan d'un bon catalogue, décrire un incunable, résumer en peu de mots le titre compliqué d'un livre, déterminer l'âge d'un manuscrit, c'est une affaire de métier; des érudits illustres, à la Bibliothèque Nationale et dans les autres bibliothèques, en ont fait une science, un art véritable ; cependant un bibliothécaire a bien le droit, j'ajoute le devoir, de poétiser ses graves fonctions. Rien de plus simple : il lui suffira de passer une heure ou deux, chaque jour, à parcourir les vastes salles, à se promener lentement entre les rayons chargés d'in-folio et d'in-octavo. C'est un voyage de découvertes, un des plus intéressants que l'on puisse faire, et des plus pittoresques.

M. de Sacy, qui ne fut pas seulement un grand lettré mais un bibliothécaire et un bibliophile de premier ordre, a écrit ces lignes pleines d'une sorte de passion touchante :

« Je deviendrais aveugle que j'aurais encore, je le crois,
« du plaisir à tenir dans mes mains un beau livre. Je sen-
« tirais du moins le velouté de sa reliure, et je m'imagine-
« rais le voir. » Si un bibliothécaire aveugle peut goûter
de telles joies, combien doit être heureux celui qui, comme
M. X. Marmier, a gardé la vue perçante et le pied ferme !

En marche donc pour le pays des livres ! Voici la *Bible*
de 1462, voici les *Constitutions de Clément V*, un chef-
d'œuvre de Schœffer ; le *Cicéron* de 1469 ; voici un *Saint
Augustin* aux armes de Letellier, l'archevêque de Reims :
l'écusson aux trois lézards, chargé des trois étoiles d'or ;
voici un rarissime volume, une admirable reliure portant
l'exergue de Grolier : *Grollerii et amicorum!* Mais ce sont
là les aristocrates de la bibliophilie ; un Grolier se vend
aujourd'hui jusqu'à 15000 francs !

Allons vers les démocrates. Voyez-vous, dans ce coin
plein d'ombre, ce modeste in-12 relié simplement en par-
chemin ? Ouvrons-le, et tâchons d'en établir l'histoire, la
généalogie, de savoir, d'après certains signes, certains
points de repère, par quelles mains il a passé. Ah ! grand
Dieu ! Voyez, là, sur la première page, cette signature :
Corneille ! Est-ce le grand Corneille qui a écrit son nom
sur ce volume oublié ? Nous le saurons ! Et si c'est bien le
grand Corneille... la main qui tenait la plume du *Cid* et
d'*Horace* a donc feuilleté ce livre inconnu, son regard s'est
fixé sur ces pages, il y a trouvé peut-être une inspiration
ou une consolation ? Mais, alors, ce livre est sacré ; ce
bouquin, qui se vendrait dix sous sur les quais, devient
illustre et vénérable, et, s'il m'appartenait, je ne l'échan-
gerais pas contre un Grolier de 15000 francs !

Ce désintéressement, vous l'auriez tous, Messieurs : je suis
sûr, par exemple, que votre Secrétaire perpétuel ne don-
nerait pas pour tous les Groliers du monde son exemplaire
de la *Pharsale* de Lucain. Ce n'est pas, je suppose, parce
que ce joli volume a été imprimé à Amsterdam, en 1643, avec
les notes de Grotius, mais parce qu'il porte deux fois la
signature de Racine. Tout au plus votre Secrétaire perpétuel préférerait-il, par piété filiale, la signature de Molière.

Vous vous représentez également, Messieurs, quel fut le
bonheur du bibliothécaire de l'Arsenal qui le premier mit
la main sur les *Poésies de Desportes* avec les notes manu-
scrites de Malherbe. Malherbe n'est plus à la mode, à ce
que l'on prétend ; mais il a fait quelques strophes qui sont
restées classiques : je conviens qu'elles datent seulement de
deux siècles et demi. On dure ce que l'on peut.

M. X. Marmier avait de ces rencontres heureuses dans ses
promenades au milieu de la bibliothèque des Génovéfains,
et il continuait ainsi ses voyages, cette fois à travers l'histoire, la géographie, la théologie, les sciences et les lettres.

J'ai dit en commençant que M. X. Marmier a aimé surtout trois choses : les voyages, les livres... Lui-même va
nous dire quelle fut la troisième :

« Nul homme, écrit-il dans son volume *Prose et Vers*, nul
homme ne saura comme la femme se consacrer à ses affec-
tions, poursuivre sans se lasser son œuvre de dévouement,
courber sans se plaindre son front sous un nuage... Nul
homme ne saura comme la femme s'associer au bonheur
d'un ami ou à son deuil, compléter la joie de ceux qui lui
sont chers par la joie qu'elle en ressentira. »

Ce ne sont point là de vaines paroles, c'est l'expression

d'un sentiment très raisonné. M. X. Marmier avait
trop de pénétration pour trouver toutes les femmes par-
faites, mais il souffrait de voir démasquer dans un livre
ou étaler sur la scène leurs défauts, leurs vices et leurs
ridicules; il en voulait à Boileau pour son injuste sa-
tire; il en aurait même voulu à Molière à cause d'Arsinoé,
de Bélise et de Philaminte; mais il aimait tant Elmire,
Éliante et Henriette qu'il pardonnait volontiers à Céli-
mène. M. Marmier sentait cela très vivement et nous par-
tageons tous, à notre insu quelquefois, cette délicatesse de
son esprit. Nous pouvons apprécier, comme il convient,
les romans et les comédies où le caractère des femmes est
analysé avec ingéniosité, avec finesse ou avec puissance;
mais il ne faut pas que les fictions littéraires soient prises
au pied de la lettre et fassent loi dans la vie réelle, il ne
faut pas que l'on nous donne l'exception pour la règle.
Quand des jeunes gens — pour ne pas nous en prendre aux
autres — disent avec une certaine fatuité : Nous connais-
sons les femmes! il est permis de leur répondre humble-
ment : Prenez garde! à force de croire que l'on connaît
les femmes, on ne connaît pas la femme!

Certaines femmes peuvent être coquettes par exception,
perfides par hasard, méchantes par miracle; mais la femme
dont parle M. X. Marmier, la vraie femme, est bonne,
loyale, vaillante et fidèle; c'est la mère, la sœur, la fille,
l'épouse : celle-là est à Dieu; les autres...; les autres lui
reviendront!

Cette femme-là, M. X. Marmier la comprenait avec ce
que l'on pourrait appeler la tendresse de l'admiration. Je
crois le voir encore, dans son cabinet de travail, qu'il pré-

férait à son salon, le dimanche, à l'heure où il attendait
ses amis. De sa place il pouvait apercevoir, par les tapis-
series entr'ouvertes, les visiteurs qui traversaient l'anti-
chambre. Si c'était un homme, on le devinait à la politesse
grave du maître de la maison ; si c'était une femme, on le
devinait mieux encore à l'éclair de joie qui passait dans
ses yeux. Il allait vers elle avec cette grâce des vieillards
qui font oublier leur âge parce qu'il ne l'oublient pas ;
son regard avait la même attention voilée et le même respect, que la visiteuse fût jeune ou ennoblie par des cheveux
blancs ; c'était de sa part une manière exquise de s'in-
téresser à toutes les choses qui préoccupent une femme,
aux mille petits riens de son existence ; une sollicitude
délicate en demandant des nouvelles des vieux parents,
des enfants, et même des maris! Si les nouvelles étaient
bonnes, le voilà tout heureux ; moins bonnes, il trouvait
bientôt pour ce cœur affligé des consolations et des espérances. Il s'ingéniait à ramener le sourire sur ce visage
inquiet ; tout lui servait pour cela, même ses autres
visiteurs : il faisait leur éloge ou leur cherchait de
douces querelles, vantait leurs ouvrages, ou les critiquait
agréablement, les embarrassait d'une façon ou d'autre, ce
qui amuse toujours une femme !

Quelquefois il employait un moyen qui lui coûtait plus
cher : il allait chercher un volume dans sa bibliothèque.
« Madame, vous voyez ce livre ? c'est une merveille, une
rareté ; je l'ai eu pour rien, chez un bouquiniste ; c'est
l'histoire de votre pays, voyez! » La visiteuse prenait
dans ses mains le livre précieux, le regardait avec admiration, et puis le rendait au propriétaire. Mais il y a une

finesse dans la manière de rendre un livre ; le propriétaire, très fin aussi, faisait semblant d'hésiter et de prendre une résolution subite : « Décidément, Madame, ce livre ne m'appartient pas ; il est à vous puisqu'il semble vous plaire. Gardez-le donc, je vous en supplie ! » Elle refusait, il insistait, et elle se résignait à emporter le livre. Alors, ce qui n'est pas la coutume des propriétaires, le propriétaire dépouillé devenait rayonnant! Oui, mais dès qu'elle était partie, il devenait triste tout à coup. Pourquoi? Nous le savions, mais nous ne lui en parlions jamais ; c'est à peine s'il faisait quelquefois allusion à cette grande douleur de sa vie. Dans les *Souvenirs* manuscrits de son père, qui m'ont été confiés, je relève ces quelques lignes : « En 1843, Xavier avait épousé une jeune fille de Pontarlier qui mourut après dix mois de mariage; l'enfant était mort en naissant. Xavier, depuis lors, a eu de belles occasions pour se marier de nouveau et très avantageusement, mais il n'a pu encore s'y décider. » Il ne s'y décida jamais. Il se rappelait sans doute ses vers écrits le jour de son mariage :

. . . .
Sol paternel, pays que j'aime,
Dans vos vallons recevez-nous;
Vous qui sonniez pour mon baptême,
Cloches, sonnez pour les époux.

Elles sonnèrent bientôt les funérailles, et il ne voulut pas les entendre sonner de nouveau pour le bonheur; ses larmes lui étaient chères, et elles redoutaient les témoins :

Pleure ta joie et ton orgueil
Au sein discret de la nature ;
Laisse en silence dans ton deuil
Saigner le sang de ta blessure !

La blessure ne devait jamais se fermer. C'est pour cela qu'il était triste quand une femme quittait sa maison!

Sa tristesse voilée, mais d'autant plus profonde, ne trouvait d'apaisement que dans l'espoir du dernier repos, du calme suprême auquel la résignation nous prépare, et il en goûta la mystérieuse douceur dans les longs jours qui lui restaient à vivre.

Cette attente mélancolique et sereine fut troublée pourtant vers les dernières années de sa vie : ses amis le pressèrent d'accepter une candidature politique dans son pays, à Pontarlier. Il était de sang légitimiste et catholique, appartenant à une de ces anciennes familles de la bourgeoisie qui valent la noblesse; mais il avait peu de penchant pour la politique active, et un voyage à la Chambre des Députés était le seul qui ne fût pas de son goût. Avait-il si grand tort? Il avait observé de près les abîmes, les beautés et les horreurs de la nature; et il ne tenait pas à en connaître d'un autre genre!

Cependant ses amis insistèrent; on lui dit : C'est le devoir! Il courba donc la tête, mais ses électeurs comprirent sa secrète frayeur, et ils lui épargnèrent leurs suffrages. M. X. Marmier ne fut pas ingrat envers eux : il leur a légué sa bibliothèque. C'est un cadeau de prince.

Cette bibliothèque, il l'avait composée jour à jour, avec un soin jaloux et une compétence spéciale ; il s'en allait le long des quais voisins de l'Institut, fouillant d'un œil expert les boîtes des bouquinistes, ne dédaignant pas les livres rares, préférant les livres utiles; il se disait : Après moi, mes compatriotes jouiront du trésor que j'amasse pour eux; un jeune montagnard du Jura ouvrira un de ces

volumes et y trouvera quelque pensée fortifiante et saine ;
son esprit et son cœur lui devront une direction meilleure ;
il deviendra un philosophe, un poète, un soldat, un
homme de foi sincère et de patriotisme ardent. J'aurai
rendu un service au pays, et je peux déjà dire comme le
fabuliste :

> Mes arrière-neveux me devront cet ombrage !

Ce travail quotidien fut la dernière joie de M. X. Marmier.
Elle lui avait été si douce qu'il voulut en témoigner sa
reconnaissance posthume à ces modestes bouquinistes qui
furent en quelque sorte ses collaborateurs : selon son
désir un banquet les réunit et ils remplirent un verre en
souvenir de leur vieil ami.

Sa robuste vieillesse n'avait rien diminué de sa rare
intelligence : il en profita pour rassembler ses souvenirs et
se juger lui-même. Joubert a dit, enveloppant une pensée
juste dans une image poétique : « Le soir de la vie apporte
avec soi sa lampe ! » M. Xavier Marmier voulut examiner son
passé à cette lumière qui ne trompe pas. Sans oublier le
plus cruel chagrin de sa vie, il se rappelait aussi les
hommes de haut rang et de grande renommée qui furent
les protecteurs de sa jeunesse, le duc Victor de Broglie
le comte d'Haussonville, le duc Pasquier, dernier chance-
lier de France, dont il ne parlait qu'avec une reconnaissance attendrie, et il convenait qu'il avait eu sa part des
bonheurs humains. L'orgueil de s'être montré digne de
ces amitiés illustres lui était bien permis, car les jalousies,
les animosités, les faiblesses de la vie littéraire lui furent
inconnues. A peine pouvait-il s'accuser d'une légère ran-

cune, dont je ne crains pas de rappeler ici le souvenir.

Quand M. Marmier sollicita pour la première fois vos suffrages, un de ses amis les meilleurs, étranger du reste à votre Compagnie, témoigna peu d'ardeur pour sa candidature. M. Marmier en éprouva plus que du chagrin, et même quand il eut pris place parmi vous, son dépit ne cessa point, tout au contraire : quand il nous racontait, le dimanche, vos séances du jeudi, on sentait qu'il goûtait avec passion le charme de vos entretiens et leur utilité pour son talent; ce qu'il gagnait, ce que l'on gagne dans votre intimité lui faisait regretter davantage le temps perdu; sa petite rancune contre son ami n'était donc que de la reconnaissance pour vous! Je n'osais certes point lui rappeler qu'une fois élus, votre règle est de croire que tout le monde a voté pour vous au dedans, et au dehors que tout le monde a désiré votre succès. Mais je me permis, un jour, de lui faire observer que nous ne devons rien reprocher à la vie quand elle espace nos bonheurs : il convint que j'avais raison.

M. X. Marmier s'adressait un second blâme, celui-là bien plus immérité. Il s'accusait volontiers d'avoir été trop sensible au succès de ses livres, aux éloges qui lui furent prodigués, aux critiques qui ne lui furent pas ménagées non plus. Nous lui répondions que l'on est assez modeste quand on craint de ne pas l'être! Sur un autre point sa modestie inquiète s'alarmait davantage. Depuis qu'il avait pris son rang parmi vous, il craignait d'attribuer à son seul mérite ce qu'il attribua d'abord à votre seule bienveillance. A cela notre réponse était facile encore; il nous suffisait de lui rappeler les fières paroles de M. Guizot, le jour où il répondit au discours de réception d'un de ses adversaires politiques : « A mesure que je me détache de moi-même et que le temps m'emporte loin de nos combats, j'entre sans effort dans une appréciation sereine et douce des idées et des sentiments qui ne sont pas les miens. » Ce qui est vrai pour un homme politique ne saurait être moins vrai pour un homme de lettres.

Il est impossible, dans notre temps surtout, qu'un écrivain n'ait pas la notion exacte de sa gloire ou du moins de sa renommée; à aucune autre époque la gloire littéraire n'a été plus visible, plus palpable en quelque sorte. Pour ignorer le bruit qui se fait autour de ses œuvres il lui faudrait fermer l'oreille, et il n'est point fâché de l'ouvrir! chaque matin il écoute le retentissement sonore de son nom dans le clairon de mille et mille journaux; il se sent le roi d'un peuple de lecteurs, et ne songe pas aux révolutions; le soir, au théâtre, il goûte de plus près encore à la coupe enivrante du succès; son drame ou sa comédie saisit la foule et la pétrit pour ainsi dire; un autre jour, son roman, son poème, son livre de critique ou d'histoire, éclate en longs éclats, comme une mine chargée par des mains habiles et fortes; on épuise pour lui toutes les formules de l'admiration; tout y ajoute, car tout la constate, même l'envie, la rage sombre de ses détracteurs, ce que Victor Hugo appelle les *applaudissements farouches des huées*. Comment cet homme échappera-t-il à l'orgueil qui semble inséparable de pareils triomphes? Où donc, lui qui n'a connu que des admirateurs, trouvera-t-il des juges? Ici, Messieurs.

Le jour où un écrivain, si grand qu'il puisse être, fran-

chit le seuil que vous lui avez ouvert, il éprouve déjà je
ne sais quelle timidité qu'il ignorait ailleurs ; vos suffrages l'ont fait votre égal, mais il sait bien que vous avez
été ses juges et que vous le resterez ; il gardera la fierté
de son talent, mais déjà il le compare, le pèse et l'estime
au vrai prix. Ce n'est pas en vain qu'il verra de plus près
les maîtres de l'éloquence et de la poésie, ceux qui ont
lutté, qui luttent encore pour les nobles causes, la science,
l'art, la liberté, la justice : il a fait ou il fera comme eux ;
mais il sent désormais que la gloire ne peut pas être l'apa-
nage d'un seul homme. Et puis... il y a ici, comme on l'a
dit du foyer de la Comédie-Française, il y a ici les statues
et les bustes ! Il y a les marbres des penseurs et des sages
qui semblent vivants encore, selon le mot de Virgile : *vivos
de marmore vultus !* Ils vivent, en effet, de cette vie auguste
qui ne connaîtra pas la mort ; l'éclair de leur génie s'est
fixé sur leur visage ; on y lit ce qu'ils ont fait et ce qu'ils
ont rêvé, le dédain des succès frivoles, le jugement supé-
rieur qui, dans leurs propres œuvres, n'admet que les
beautés incontestables ; et leur sévérité pour eux-mêmes
nous enseigne à ne pas être plus indulgents pour nous.
A leur seule présence, nous sentons aussi que le meilleur
de nos pensées vient d'eux et leur appartient ; qu'il y a,
ainsi que l'atavisme du sang, l'atavisme du génie et de la
gloire, et que, si nous voulons justifier notre orgueil, il
faut le faire remonter aux aïeux vénérés et redoutables.

M. X. Marmier ne transigeait pas avec lui-même, vous
le voyez, Messieurs, dans cet examen de conscience littéraire ; son inquiétude, sans cesse en éveil, faisait ainsi le
tour des choses passées. Il se demandait, par exemple, de

bonne foi, si, parmi ses très nombreux ouvrages, rien ne s'était glissé dont puisse s'alarmer une morale sévère.

Loin de s'en étonner, il n'est pas d'écrivain, ce me semble, qui ne doive ressentir la même inquiétude. Homme, il a cédé souvent aux entraînements, aux faiblesses et aux passions; heureux du moins si on a pu dire de lui : Sa morale vaut mieux que sa moralité !

Vous connaissez tous le vers de Dante, au ve chant de l'*Enfer*, le plus terrible anathème qui ait été lancé contre les ouvrages corrupteurs, un de ces cris de génie qui retentissent dans un poème comme un cri de lion dans la montagne. Ce vers fait allusion à un roman célèbre, *Lancelot du Lac*, dans lequel Gallehaut (Galeotto) sert de vil entremetteur aux amours coupables du héros et de l'héroïne. Lorsque Dante interroge Francesca emportée avec Paolo à travers la géhenne de l'adultère, elle raconte comment la lecture de ce roman les a conduits à la faute irréparable, et elle termine par ce vers dont aucune traduction ne peut rendre l'énergie :

Galeotto fù il libro e chi lo scrisse

« *Pour nous*, Galeotto, ce fut ce livre et celui qui l'a écrit. »

Galeotto... voilà l'éternel corrupteur, qui peut changer de nom, mais qui est le même dans tous les pays et tous les temps, le voilà flétri par le justicier inflexible ! Fut-il jamais de leçon plus cruelle et plus utile toujours ? Hélas ! Quel homme peut répondre de la pureté absolue de ses ouvrages ? Celui qui a voulu absoudre quelque grand crime

de l'histoire... *Galeotto!* Celui qui, pour forcer les applaudissements, a jeté au public un de ces vers, une
de ces maximes dont les âmes sont longtemps trou-
blées... *Galeotto!* Celui qui a calomnié l'honneur, insulté
le génie, découragé la vertu, préparé pour le vice et la
haine des triomphes infâmes... *Galeotto!* Et même celui
qui, par crainte du ridicule et du rire des méchants, par
une de ces lâchetés intérieures aussi coupables que les
lâchetés notoires, n'a pas dit ce qu'il sentait utile et bon
de dire... *Galeotto!*

M. Xavier Marmier ne trouva rien, malgré sa sévérité
pour lui-même, et nous ne trouvons rien à condamner
dans ses livres; il pouvait aller sans crainte vers le juge
invisible. Depuis longtemps il était en règle avec Dieu;
sûr de finir en chrétien, il pouvait frapper aux portes de
lumière avec des mains purifiées. Aussi, quand il sentit
l'heure venir, le calme monta de son cœur à son visage, et,
comme il souriait d'habitude aux visiteurs qu'il aimait, il
sourit doucement à la mort.

RÉPONSE

DE

M. LE COMTE D'HAUSSONVILLE

DIRECTEUR

AU DISCOURS

DE

M. LE VICOMTE H. DE BORNIER

Prononcé dans la séance du jeudi 25 mai 1893

MONSIEUR,

Vous avez eu, il y a dix-huit ans, une rare bonne fortune. Vous avez réalisé dans l'âge mûr une pensée de jeunesse, et c'est, je crois, la définition la plus exacte qui ait été donnée du bonheur. Quel est, en effet, l'homme ayant appartenu à votre génération qui n'a rêvé, sur les bancs du collège, d'écrire une tragédie en cinq actes et en vers et de la faire jouer au Théâtre-Français? Or c'est là précisément ce qui vous est advenu. Jouer n'est pas assez dire, car votre tragédie a été acclamée. Elle a eu cent quinze représentations consécutives et lors d'une reprise toute récente elle retrouvait son succès du premier jour. Elle a été traduite dans presque toutes les langues, en allemand, en polonais, en danois, en hollandais. Elle n'a pas fait seulement le tour de l'Europe, elle a pénétré dans le Nouveau Monde et elle est devenue une œuvre tellement internationale que le jour de l'ouverture de l'Exposition universelle, M. le Président de la République lui-même y a trouvé matière à une citation. Enfin le conseil municipal de votre ville natale a baptisé naguère de votre nom la rue où vous êtes venu au monde. Savez-vous bien, Monsieur, que tout cela ressemble fort à la gloire? A cette gloire il manquait cependant une consécration. En portant sur vous ses suffrages, l'Académie a entendu vous la conférer, et je suis heureux qu'il m'incombe de souhaiter en son nom la bienvenue à l'auteur de la *Fille de Roland*.

Du reste, Monsieur, vous étiez fait pour l'Académie, et de bonne heure elle vous a discerné. Deux fois elle vous a attribué le prix de poésie, une fois le prix d'éloquence. C'était pour un éloge de Chateaubriand. En ce temps-là, il y a quelque trente ans, l'Académie demandait à ses lauréats des éloges. Aujourd'hui, elle leur demande surtout des études. Que voulez-vous! Fût-on chargé, comme nous le sommes, de maintenir la tradition, il faut bien se plier un peu au goût du temps, qui n'est guère à l'éloge. Vous avez donc fait l'éloge de Chateaubriand. Il fallait pour cela un certain courage. C'était alors la mode de dénigrer l'homme, de rabaisser le talent, et l'heure n'était pas encore venue de saluer en lui, comme on sait le faire aujourd'hui, le grand ancêtre, le père de toute notre littérature moderne.

Mais le courage ne vous a jamais fait défaut, et je vous soupçonne d'avoir conçu de bonne heure le dessein de remettre en honneur, sur notre scène, le drame historique en vers, auquel la comédie de mœurs en prose avait fait quelque tort. A cette noble tâche vous vous êtes préparé de bonne heure. Vous aviez en effet seize ans quand vous avez fait représenter votre première tragédie. Il est vrai que c'était sur le théâtre du petit séminaire de Saint-Pons où vous avez été élevé. A ce moment-là vous étiez déjà président d'une académie : auteur dramatique et académicien, double vocation dans laquelle le temps n'a fait que vous confirmer.

Cependant le drame en vers ne vous a point absorbé à ce degré que vous ayez dédaigné d'écrire en prose. Dans une aimable préface vous racontez vous-même qu'au temps de votre jeunesse, quand vous aviez une pièce en souffrance au Théâtre-Français ou à l'Odéon, vous écriviez des nouvelles pour tromper les ennuis de l'attente. Remercions donc les directeurs qui vous ont fait attendre car ces passe-temps ont eu pour vos lecteurs autant d'utilité que d'agrément. Ainsi vous avez entrepris d'apprendre aux femmes : *Comment on devient belle*. C'est le titre d'une de vos nouvelles. La recette est infaillible. On devient belle par l'amour et par la charité. Vous avez également enseigné aux hommes : *Comment on devient beau*. La chose leur est plus difficile ; ils y peuvent arriver cependant par l'étude et par le travail. Vous avez encore écrit : *le Jeu des vertus* et le *Roman du phylloxéra*. Mais celle de vos œuvres d'imagination pour laquelle vous m'avez confié vous même votre secrète complaisance, et qui a reçu du public l'accueil le plus flatteur, c'est *la Lizardière*. Le héros de la Lizardière est un jeune marquis qui vit fièrement dans le castel ruiné de ses pères, fidèle à leur vieille devise : *Tout droit*. Servir ou travailler serait également déroger à ses yeux. Trop pauvre pour vivre de ses revenus, il ne peut empêcher que son vieux donjon ne soit saisi, puis acheté par la fille d'un riche sénateur, d'un sénateur de l'Empire. Il part pour l'Amérique d'où il revient au bout de quelques années ayant amassé une petite fortune, et par un dénouement heureux autant qu'imprévu il épouse la fille du riche sénateur qui était secrètement éprise de lui. Il travaillera désormais car il a compris que, tout en demeurant fidèle aux traditions de sa famille, il convient cependant de se plier aux exigences de son temps et que, suivant le conseil à lui donné par une vieille cousine, il faut savoir être à la fois un aristocrate et un lutteur.

Mais j'ai hâte, Monsieur, d'en arriver à vos œuvres poétiques. C'est comme poëte en effet que vous vivrez. A vingt ans vous avez débuté par un petit volume, plein de sensibilité et de grâce, qui témoigne surtout de vos sentiments pour votre père, pour votre mère, pour votre sœur, auxquels vous adressez des épîtres, ainsi que de votre admiration pour Lamartine et pour Hugo, les dieux de l'époque. Peut-être avez vous oublié vous-même ces *Premières Feuilles* qui n'ont point été réimprimées. Comme poëte lyrique il faut vous juger d'après un recueil où vous avez rassemblé à côté d'un poème su[r] *France dans l'extrême Orient,* qui vous a valu les su[ffrages] de l'Académie, des poésies intimes dont le sujet est tiré de votre vie de famille ; ou bien au contraire des hymnes

tout vibrants de fierté nationale et d'amour de la patrie.
Il y faut louer un effort constant et soutenu vers l'idéal,
l'art avec lequel vous savez couvrir d'un riche vêtement
de nobles et incontestables pensées, mais surtout un certain tour d'imagination qui des humbles spectacles de la
terre vous élève naturellement plus haut. Je citerai comme
exemple de ce procédé (au meilleur sens du mot) une petite pièce intitulée : *Paysage*, à laquelle je trouve un
charme pénétrant :

> Le soir tombe : là-bas, sur les collines sombres,
> Des saules et des pins jettent leurs grandes ombres.
> Sous la lune qui monte on distingue à demi
> Les toits et le clocher d'un village endormi.
> Un passeur, détachant sa barque de la chaîne,
> Lentement la conduit vers la rive prochaine,
> Et, rêveur, je crois voir, levant plus haut mes yeux,
> L'invisible passeur des âmes dans les cieux.

J'aime cette métaphore du *passeur des âmes*. Au premier abord elle peut sembler un peu obscure, mais l'inspiration générale de votre œuvre va nous servir à l'inter-
préter, car, dites-vous ailleurs :

> ... Depuis que le Christ est venu sur la terre,
> L'homme a dû revêtir un autre caractère,
> Un plus vaste horizon s'est ouvert à ses yeux
> Et le plus humble a lu dans le secret des cieux.

Celui que vous appelez le passeur des âmes, c'est évi-
dent celui qui a enseigné aux humbles à lire dans les
cieux et je pense comme vous que les nations ne trouve-
ront jamais d'instituteur qui l'égale.

Ces vers que je viens de citer sont tirés de votre premier drame, *Dante et Béatrix*. Pareil sujet devait vous tenter, quoiqu'il fût assez malaisé de faire parler convenablement le Dante en vers français. Il a si bien parlé lui-même en vers italiens. Vous avez su triompher de la difficulté. Vous nous l'avez montré nommé Prieur, nous dirions aujourd'hui Président de la République à Florence, s'efforçant de concilier les partis et de réaliser ce que dans notre jargon politique nous appelons : la conjonction des centres. Il y échoue, naturellement, et paye son échec de l'exil. Je ne vous querellerai pas sur ce dénouement ; mais ce que j'ai quelque peine à vous pardonner, c'est de lui avoir fait demander Béatrix en mariage. Je sais bien qu'il est refusé sinon par elle du moins par son père et qu'elle meurt précisément d'avoir dû promettre sa main à un autre. Mais n'était-ce point donner à cette idéale figure trop de réalité ? Que savons-nous de Béatrix. Heureusement fort peu de chose et jusqu'à présent elle a pu échapper au document ; scoliastes italiens et français ont eu beau s'y mettre, ils n'ont rien su découvrir que Dante ne nous eût déjà dit. Qu'elle demeure donc à nos yeux la créature céleste sur la trace de laquelle nous nous élevons peu à peu avec le poète des obscurités d'ici-bas vers les clartés d'en haut et, du seuil éclatant de ce Paradis où nous l'avons laissée, qu'elle ne descende pas pour s'exposer aux feux de la rampe.

Vous n'avez au reste, je le reconnais, encouru le reproche qu'à demi. Vous n'avez point essayé de faire représenter votre drame, qui est plutôt un poème dialogué, et

c'est à l'antiquité que vous avez emprunté vos premiers
personnages scéniques :

> Et toi, triste famille à qui Dieu fasse paix,
> Race d'Agamemnon qui ne finis jamais,

s'écriait, au commencement du siècle, Berchoux, l'auteur
de la *Gastronomie*. Mais c'était un épicurien. A vous, Monsieur, poète austère, cette race n'a point fait peur, et vous
avez traduit, en l'arrangeant, l'*Agamemnon* de Sénèque le
Tragique. Pourquoi n'avez-vous pas aussi bien choisi
l'*Agamemnon* d'Eschyle? Vous en donnez une raison que j'ai
quelque peine à comprendre. C'est, dites-vous, que l'*Agamemnon* d'Eschyle étant un chef-d'œuvre, tandis que celui
de Sénèque est une tragédie de troisième ordre, on vous
aurait justement blâmé de prendre avec Eschyle des libertés que vous avez pu prendre avec Sénèque. Vous avez eu
tort, Monsieur, de douter ainsi de vous-même. Vous êtes
homme de goût. Vous n'auriez point pris avec Eschyle des
libertés malséantes et l'éclatant succès d'*Œdipe-roi* a
montré depuis lors à quels effets puissants pouvait prêter
une tragédie antique adaptée à la scène moderne et inter-
prétée par un tragédien de génie. C'est la faute de Sénèque si la fortune de votre *Agamemnon,* bien accueilli
cependant du public, n'a pas été aussi durable. Par com-
pensation il avait eu celle d'être reçu, appris, joué en un
mois comme un à-propos. Plus d'un parmi les auteurs dramatiques vos confrères a dû vous envier cette heureuse
chance et vous deviez bientôt vous l'envier à vous-même.
Qui pourrait croire aujourd'hui que la *Fille de Roland*

a attendu onze ans son tour? Onze ans! Grand espace de la
vie d'un auteur et même d'un peuple, surtout quand dans
la vie de ce peuple se sont passés les événements les plus
douloureux dont son histoire fasse mention. Mais que
vais-je faire? Je vais détruire une légende, car la *Fille de
Roland* a déjà la sienne. La pensée de ce drame vous
serait venue dès le lendemain de nos malheurs. Vous
y auriez appliqué pendant plusieurs années votre âme
de patriote que vous auriez fait passer tout entière en des
vers brûlants. Au sortir du creuset de votre pensée vous
l'auriez portée toute fumante au directeur du Théâtre-
Français, qui depuis la guerre ne vivait que sur des reprises,
attendant une œuvre. A cette lecture il tressaillait, l'œuvre
était née et, quelques mois après, la France l'acclamait.

Pourquoi faut-il dire que la *Fille de Roland* a été ter-
minée en 1863, reçue en 1864, jouée seulement en 1875?
L'intervalle a dû vous paraître long, mais aujourd'hui
sans doute vous ne le regrettez pas. Qui peut savoir
en effet si votre *Fille de Roland* eût reçu le même accueil
quelques années plus tôt? Dans la préface que vous y avez
ajoutée (vous avez, Monsieur, je tiens à le faire remarquer
en passant, la préface modeste et charmante), vous dites
que votre succès est dû surtout au public qui s'est fait
votre collaborateur. Cela est vrai, mais ne vous croyez
point tenu de ce fait à trop de modestie. C'est le propre
des œuvres qui doivent durer que chaque génération
les écoute avec des sentiments nouveaux, qu'elle y mêle
une part d'elle-même et qu'elle y découvre des beautés
ou des desseins qui avaient échappé à l'auteur. Croyez-
vous par exemple que Shakespeare ou Molière aient

compris Hamlet ou Alceste comme nous les compre-
nons aujourd'hui? Peut-être bien n'ont-ils entendu faire
d'Hamlet qu'un insensé et d'Alceste qu'un jaloux. Mais le
personnage créé par leur génie inconscient a dépassé leur
conception primitive. Hamlet, c'est pour nous l'esprit sans
vigueur qui ne sait ni croire ni agir et dont le ressort trop
faible plie sous le double poids du doute et de la responsabilité. Alceste, c'est l'honneur sans défaillance, l'amour
sans faiblesse, qui tient tête à la vie et, plutôt que de lui
céder, se réfugie dans la solitude d'une mélancolie hautaine.
Shakespeare et Molière ont-ils entendu y mettre tout cela?
On en peut douter, mais nous l'y mettons à leur place.
Chacun de nous leur prête quelque chose de ce qu'il a
rêvé ou souffert et c'est ainsi que nous avons l'honneur
de collaborer tantôt avec Shakespeare, tantôt avec Molière.

C'est ainsi également, Monsieur, et vous ne vous plaindrez
assurément pas de la comparaison, que votre public a
collaboré avec vous. Il faut déjà, le Ciel en soit loué, un
certain effort de mémoire pour nous remettre dans l'état
d'âme où nous étions pendant les premières années qui ont
suivi la guerre. Les jours étaient tristes, les temps étaient
lourds. Heureux les jeunes qui ne les ont pas connus. La
France n'avait point encore repris confiance en elle-même.
Après avoir douté de sa force, elle se prenait à douter de
son génie, car depuis que le fracas des armes avait cessé,
aucun de ces accents qui remuent l'âme n'était venu
frapper ses oreilles. Tout à coup elle entend retentir
sur notre première scène des vers vibrants comme une
fanfare, comme les derniers échos du cor de Roland, vers
pleins de consolations et de promesses et qui étaient doux

à sa douleur, comme les caresses d'un fils à une mère
blessée. Quoi d'étonnant si elle vous a su gré de ces caresses et si elle a cru que vous aviez voulu panser sa blessure. La France au reste a pu se tromper de date ; elle ne
s'est point trompée de sentiment. Votre pièce est bien
celle d'un patriote ardent. Vous n'avez point, il est vrai,
puisé votre inspiration à la source de nos malheurs, mais
à celle de notre histoire, et il n'y en a pas de plus féconde.
Chez vous en effet le poète était, sans qu'on le sût, doublé
d'un érudit. Depuis près de vingt ans vous viviez dans cette
vieille bibliothèque de l'Arsenal en compagnie des souvenirs de Sully, et, ce qui vaut mieux encore, d'Henri IV. Les
trésors dont vous aviez la garde n'étaient point demeurés
pour vous lettre close. Maintes fois vous aviez feuilleté nos
vieilles chroniques, nos vieux mémoires, ces chansons de
gestes de la France où chaque génération a inscrit tour à
tour ses victoires ou ses défaites. L'indomptable vitalité
dont à travers les siècles notre race a fait preuve vous avait
donné la confiance qu'il n'y avait point de fortune si
adverse que son génie ne dût parvenir à en triompher.
Aussi, comme vous avez su trouver de beaux vers pour
exprimer cette confiance :

O France ! douce France ! ô ma France bénie,
Rien n'épuisera donc ta force et ton génie !
Terre du dévouement, de l'honneur, de la foi,
Il ne faut donc jamais désespérer de toi.

Oui, vous aviez raison, Monsieur, et dix-huit ans écoulés
l'ont bien montré. C'est bien sur ce ton qu'il convient de
parler de la France avec cet amour, avec ce respect, et

cela malgré ses fautes, peut-être même à cause de ses fautes. Ces fautes, elle ne les a pas oubliées ; elle veut bien qu'on les lui rappelle ; mais quand on les remet sous ses yeux elle ne veut pas qu'on l'humilie ni qu'on la rabaisse. Elle a bien droit au *Gloria victis*. Elle l'a payé assez cher.

Les circonstances où votre *Fille de Roland* est venue au jour ne suffisent pas pour en expliquer l'éclatant succès. Une part en revient encore, et vous me reprocheriez de ne pas le rappeler, aux interprètes que vous avez eu la bonne fortune de rencontrer, à cette réunion d'artistes incomparables qui savent allier la tradition à la nouveauté, la conscience à l'éclat et dont on peut dire avec vérité que l'Europe nous les envie et non seulement l'Europe, mais encore l'Amérique, car elle nous les prend trop souvent. Circonstances et interprètes n'auraient cependant servi de rien, si votre drame n'avait ces qualités fortes qui font durer une œuvre et la préservent des atteintes du temps. Laissez-moi d'abord vous faire compliment d'y avoir observé avec exactitude la règle des trois unités, et ne voyez pas dans cet éloge quelqu'une de ces épigrammes discrètes que du directeur au récipiendaire souffrent nos usages. Ce serait une erreur. Vous ne sauriez croire combien au contraire le compliment est sincère dans ma bouche. J'ai toujours trouvé en effet (sans doute pour n'en avoir jamais éprouvé par moi-même la tyrannie) que ces vieilles règles avaient du bon et qu'à s'en dégager nos auteurs dramatiques n'avaient pas gagné autant peut-être qu'ils le croyaient. « Il n'y a ni règles ni modèles, » s'écriait fièrement en 1827 l'auteur de la préface de *Cromwell*. Soit, mais pour avoir ainsi secoué ses entraves, l'art du théâtre s'est-il élevé beaucoup plus haut qu'à l'époque où il était enchaîné, au temps de *Polyeucte* ou de *Phèdre?* Que les pédants d'autrefois n'aient singulièrement exagéré la rigidité des principes qu'avait posés la Poétique des anciens, ce n'est pas douteux. Mais n'est-il pas également vrai que ces antiques préceptes de l'unité de temps, de lieu et d'action ne font que traduire sous une forme un peu scolastique une idée profondément juste : c'est qu'à la scène l'effet est d'autant plus puissant qu'il est plus condensé. Si l'attention du spectateur doit suivre une action pendant une trop longue période de temps, si elle est dispersée entre un trop grand nombre de lieux, si elle se partage entre des incidents trop multiples, elle se distrait, se lasse, s'affaiblit et les pédants finissent par avoir raison, ce qui est toujours d'un fâcheux encouragement. Aux gens de goût de s'inspirer de leurs préceptes tout en s'affranchissant de leurs formules et c'est ce que vous avez fait, Monsieur, supérieurement.

Vous avez respecté l'unité d'action, la plus importante de toutes. Vous savez quelle forme les railleurs d'autrefois donnaient à leurs critiques contre la simplicité des moyens de notre théâtre classique. Premier acte : épousera. Second acte : n'épousera pas. Troisième acte : épousera. Quatrième acte : n'épousera pas. Cinquième acte : épouse ou n'épouse pas, suivant le dénouement. Votre pièce ne marche point d'une allure aussi compassée; mais à travers des épisodes ingénieux qui entretiennent ou relèvent l'intérêt vous amenez vos spectateurs émus et incertains en face de cette haute question morale que le dernier acte doit résoudre. Le fils du traître peut-il épouser la fille de la victime? Doit-il au contraire expier par le sacrifice de son amour la faute de son père? Ici, d'après vos propres confidences, vous auriez été pris d'hésitation. Attendri par l'amour de Gérald vous auriez incliné d'abord à lui permettre d'épouser Berthe. Fi donc! C'eût été là une fin bourgeoise et vous aviez élevé nos âmes trop haut pour nous y laisser consentir. Puis, vous armant de sévérité vous aviez songé à rompre leurs fiançailles et a les faire entrer tous deux au couvent. C'était déjà mieux, mais peut-être le couvent arrivait-il là un peu trop à propos. Enfin, un jour, l'inspiration vous est venue et vous avez trouvé le dénouement véritable. Gérald renonce de lui-même à son amour; il dit adieu à Berthe devant toute la Cour et il s'éloigne à pas lents, tandis que Berthe en extase lui montre le ciel où ils se retrouveront...

> ... Barons, princes, inclinez-vous
> Devant celui qui part : il est plus grand que nous.

dit Charlemagne, et la toile tombe. Gérald n'épouse pas.

Il est encore une autre unité moins importante, il est vrai, que vous avez observée avec scrupule. Aristote, traduit par Jules Lemaître dans une de ses chroniques, ce qui en rend la lecture singulièrement agréable, en donne ainsi la formule : « Les mœurs des personnages doivent être bonnes, convenables, semblables et égales. » Cette prescription ne laissait pas d'embarrasser un peu notre vieux Corneille et il se demandait comment il était possible d'en concilier le respect avec les crimes dont les personnages de la tragédie antique apparaissent si souvent chargés. Cette difficulté ne vous a point embarrassé. Les mœurs de vos

personnages sont parfaitement bonnes, parfaitement convenables, parfaitement semblables et égales en ce sens
qu'ils ne cessent de se mouvoir dans une sphère élevée où
les plus beaux sentiments ne paraissent point leur coûter.
Le traître Ganelon lui-même par l'humilité de son repentir
parvient à nous attendrir et je ne sais s'il ne nous semble
pas plus intéressant encore que Gérald le jeune premier
ou Berthe l'ingénue. Mais il est une figure dont vous avez
fait sortir les traits en relief avec une singulière puissance :
c'est celle de Charlemagne. Ce n'était pas cependant chose
facile de faire parler en termes dignes de lui l'homme
qui sur le seuil du moyen âge a relevé de ses ruines l'édifice de l'Empire romain et dont la grande figure projette
encore son ombre de nos jours. Vous y avez admirable-
ment réussi et il semble que vos vers majestueux et sonores
soient faits pour sortir naturellement d'une bouche impé-
riale. Sans doute ceux qui se plaisent à appeler Charlemagne Karl le Grand ne manqueraient pas de vous dire
qu'il a pu difficilement éprouver quelques-uns des sentiments que vous lui supposez ; qu'il était plus Germain que
Franc, et que notre patrie pour laquelle vous lui prêtez
tant d'amour n'était pour lui qu'une des provinces de son
vaste empire. Mais ce seraient là chicanes d'érudit, dont
vous auriez bien tort de vous troubler. Qu'importe au
théâtre un certain degré d'exactitude historique quand la
vraisemblance morale est respectée? Le moine de Saint-
Gall raconte dans sa chronique (ne me prenez pas pour
un de ces érudits dont je parlais tout à l'heure, j'ai lu cela
dans un manuel d'histoire) que Charlemagne, se trouvant
un jour dans un des ports de la Méditerranée, versa des

larmes en voyant les barques des Normands qui s'éloi-
gnaient après avoir pillé la ville et qu'il dit à ses fidèles :
« Savez-vous pourquoi je pleure amèrement? C'est parce
que je suis tourmenté d'une vive douleur, quand je pré-
vois tout ce que ces pirates causeront de maux à mes
neveux et à leurs peuples. » Les pensées mélancoliques
que vous lui prêtez sont donc véritablement celles qui ont
assailli ses derniers jours. Mais ce ne sont ni les incur-
sions des Normands, ni même les bravades des Sarrasins
qui font couler les pleurs du Charlemagne que vous nous
avez montré. C'est le sentiment de la caducité fatale de son
œuvre, se mêlant à celui de sa responsabilité devant le
Grand Juge. Vous avez trouvé des vers admirables pour traduire cette mélancolie et cette angoisse que vous lui prêtez :

> Ce qui tourmente une âme au déclin de la vie,
> Ce n'est plus ou l'orgueil, ou la crainte, ou l'envie.
> C'est un désir ardent et plein d'anxiété
> De se juger soi-même en toute vérité.
> Aucun homme, aucun roi jusqu'au fond de son être
> Ne descend tant qu'il vit : mourir c'est se connaitre.

Sans doute il a fait de grandes choses. Il a travaillé, com-
battu, souffert, il a porté ses lois chez les peuples barbares; il a refait pour le Christ le vieux monde romain,
mais parmi ces actions passées n'a-t-il rien à regretter :

> Ces peuples qu'il fallait en un seul assembler,
> Ne les ai-je pas trop broyés pour les mêler?
> Un roi ne sait jamais cela que lorsqu'il tombe,
> L'arbre de vérité ne croît que sur 'sa tombe.

Comment Dieu jugera-t-il son œuvre? Quel nom don-
nera-t-il à Charlemagne? Et d'ailleurs que durera cette

œuvre elle-même? Que durent les œuvres humaines? Déjà le colosse édifié par lui menace ruine. Peut-être après sa mort le colosse deviendra-t-il un fantôme. Il le saura bientôt :

> ... Bientôt, en m'endormant
> Du sommeil de la mort, m'enfuyant de la terre
> Je verrai l'avenir sans voile et sans mystère.
> Dans le livre des temps pour mon regard ouvert,
> O France, je lirai ta gloire ou tes revers.

Et devant ce livre des temps qui est encore fermé à ses yeux, Charlemagne s'abîme dans l'anxiété et la tristesse. Vous avez écrit là, Monsieur, une scène grandiose, car elle est vraie d'une vérité symbolique. Cette anxiété sur la durée de leur entreprise, elle a dû, bien des fois depuis Charlemagne, agiter l'âme de tous ces grands broyeurs de peuples qui croient fonder à coup de sabre une œuvre durable, de ceux-là surtout qui ont conçu l'ambition de restaurer l'édifice fragile du Saint-Empire Romain, et se sont efforcés, pour emprunter une expression à notre nouveau confrère M. Lavisse, « de prolonger l'étrange carrière d'un mot et d'une idée, qui, commencée au promontoire d'Actium, s'achève à Waterloo ». Elle ne s'est même pas achevée à Waterloo, et nous voyons se continuer sous nos yeux la tentative d'un nouveau Saint-Empire auquel l'expérience a déjà montré qu'il ne suffit pas de broyer un peuple pour le mêler. Ces hautes questions d'histoire et de justice assiègent involontairement l'esprit lorsqu'on écoute votre *Fille de Roland*, et ce ne sera pas un médiocre honneur pour votre nom qu'ayant tout à la fois mis sur la scène une des plus grandes figures des temps passés et soulevé les considérations morales les plus graves, la pensée n'ait pas été un seul instant chez vous inférieure au sujet ni la forme à la pensée.

Il était bien naturel que l'éclatant succès de la *Fille de Roland* vous confirmât dans votre vocation théâtrale. La recherche de quelque nouveau triomphe devait vous tenter. Après les mœurs chrétiennes des Francs vous avez entrepris de peindre les mœurs barbares des Huns et le souvenir de certaine épigramme de Boileau ne vous à point arrêté. Vous avez eu raison, car après vos *Noces d'Attila* personne n'a dit : « Holà ! » On s'est plu à y retrouver vos qualités ordinaires d'élévation, de vigueur, de sonorité, et si le roi des Huns n'a point fait accourir une foule aussi nombreuse que le grand empereur d'Occident, c'est qu'en ce temps-là l'Odéon, où vous avez donné votre second drame, semblait plus loin que le Théâtre-Français. Pour ramener cette foule à vous, vous comptiez sur Mahomet, mais vous aviez compté sans le Turc, comme disaient nos pères, et mal vous en a pris. C'est une singulière histoire que cette interdiction de votre *Mahomet*. Vous-même n'en avez jamais bien su la cause. Le sujet pris en soi ne vous avait point paru dangereux. Sous l'ancien régime, Voltaire l'avait traité sans encombre. Il avait même demandé à Benoît XIV la permission de « consacrer au chef de la religion véritable, un écrit contre le fondateur d'une religion fausse et barbare » et le Sultan Mahmoud ne s'en était point tenu pour offensé. Après cet exemple, vous aviez le droit de ne pas vous croire coupable, pour avoir

mis sur la scène un Mahomet aimant quelque peu les
femmes et frisant le rôle d'un mari trompé. Tout cela n'est-
il pas de l'histoire? Mais vous n'aviez point songé que les
citoyens d'une jeune République ne sauraient prendre autant de libertés que les sujets d'une vieille Monarchie. Notre
diplomatie est intervenue. N'a-t-elle point pris quelque
peu les devants et provoqué elle-même les susceptibilités
dont elle s'est fait l'interprète? C'est là un mystère que les
Archives des affaires étrangères pourront seules éclaircir
dans cinquante ans. D'ailleurs, aux termes d'une note offi-
cielle, une autre considération a ému le conseil des mi-
nistres qui s'est réuni tout exprès pour en délibérer. La
France compte un certain nombre de sujets musulmans
dont les croyances auraient pu être blessées s'ils avaient
appris que leur prophète vénéré avait apparu sur les plan-
ches. Il a donc été décidé que la représentation de votre
drame ne pouvait être tolérée, ni au Théâtre-Français, ni
sur aucun autre. Vous n'êtes pas, Monsieur, le seul ni
le dernier de nos confrères auquel cette mésaventure
soit arrivée. Mais aussi bien, quelle singulière idée d'aller
chercher si loin le prophète des musulmans, quand vous
aviez sous la main le Dieu des chrétiens. Que ne le mettiez-
vous tout simplement en scène! Avec lui vous auriez pu en
prendre à votre aise et la censure vous eût été sans doute
plus indulgente. Pour avoir droit à sa protection, il faut
être Mahomet ou Robespierre.

Depuis lors vous avez gardé le silence, au moins pour le
grand public. Vous avez cependant en portefeuille un dernier drame déjà reçu au Théâtre-Français : le *Fils de l'Arétin*
dont quelques-uns de vos amis ont eu connaissance. Si ce

qu'ils racontent est exact, vous y montrez le fils corrompu par
le père, et le père puni par la corruption du fils. Les dangers
de la mauvaise éducation : tel serait donc le sujet que vous
auriez entendu traiter. Puisque la pédagogie est à la mode
au point qu'on a remis en honneur ce vieux mot qui autrefois
se prenait plutôt en mauvaise part, pourquoi de pédagogie
ne serait-il pas question au théâtre comme ailleurs? Sou-
haitons donc pour nous comme pour vous que le *Fils de
l'Arétin* n'attende pas trop longtemps son tour, car la
pièce risquerait d'y perdre quelque chose de son à-propos.
Or venir à son heure est beaucoup, qu'il s'agisse d'une
pièce ou d'un homme. C'est la seule bonne fortune qui ait
manqué au confrère si justement aimé de nous tous, dont
vous venez de nous parler en termes si excellents. M. Marmier est venu un peu trop tôt. Il a voyagé à une époque
où les Français ne se piquaient point d'apprendre la géographie; il a étudié l'âme russe et l'âme scandinave à une
époque où ces âmes obscures ne nous intéressaient point
encore. Un des premiers il a eu cette idée, qu'il y avait
dans le monde d'autres pays que la France. Quand il est né
à la vie littéraire, les grandes places étaient déjà occupées
au théâtre, dans le roman, dans la poésie. Il en a eu le sentiment, et il a demandé aux voyages et aux littératures
étrangères des sensations et des inspirations nouvelles. Sa
vie a été une vie d'explorations et de découvertes, mais il
lui est arrivé ce qui arrive parfois aux navigateurs qui ne
laissent pas toujours leurs noms aux rivages où ils ont
abordé les premiers. C'est ainsi qu'il a découvert l'Islande
et la steppe. Mais, depuis lors, l'Islande et ses brouillards,
la steppe et ses horizons nous ont été décrits avec de si

magiques pinceaux que, pour les générations nouvelles, il n'est demeuré ni le peintre de l'Islande ni celui de la steppe.

Il a découvert aussi le Canada, qui du moins lui appartient encore. Personne, en effet, n'est venu après lui décrire ce coin de terre autrefois française, où notre vieux parler, nos vieux usages, nos vieilles mœurs se conservent intacts; où les hommes sont demeurés de hardis pionniers qui s'enfoncent dans les forêts la hache sur l'épaule, où les femmes sont humiliées quand elles n'ont pas atteint la douzaine d'enfants; terre, on peut le dire, reconquise par les Français puisque des fils de notre sang y font dominer notre langue, nos lois, notre culte et y montrent chaque jour ce que peut notre race, jadis si aventureuse et si féconde, quand, en dépit des épreuves, elle est demeurée fidèle à ses traditions. Notre confrère s'était pris d'une véritable passion pour ce pays du souvenir. Il y est retourné plusieurs fois. Il en parlait sans cesse; il a le premier tourné vers lui l'attention de la France. Les Canadiens ne l'ont pas oublié et lorsque M. Marmier est mort, leur pensée toujours fidèle a déposé sur sa tombe un emblème de reconnaissance.

M. Marmier n'a pas découvert seulement l'Islande, la steppe et le Canada. Il a encore découvert le roman russe. Il a eu l'intuition des richesses que contenait cette littérature du Nord encore ignorée et il s'est appliqué à nous la faire connaître. C'est à lui qu'on doit les premières traductions de Gogol et de Lermontof. Si depuis que nous goûtons le roman russe et que nous croyons le comprendre, nous en reportons surtout la reconnaissance à celui qui nous l'a expliqué, il serait injuste de ne pas rappeler qu'ici encore M. Marmier a été un précurseur, rôle parfois un peu ingrat jusqu'au jour où vient comme aujourd'hui la justice.

Mais il n'a pas été seulement un voyageur et un traducteur. Il a été aussi un romancier, un poète, un historien, un critique, un naturaliste même à ses heures. Il a promené ses dons à travers les sujets les plus divers, comme il promenait ses loisirs du Cap Nord au Canada, et du Canada au Caucase. A ces promenades nous devons une œuvre abondante et diverse, toujours agréable, toujours instructive, que pas une page ne gâte. Comme vous le dites, il n'y a point chez lui de Galeotto et les *Fiancés du Spitzberg* n'ont jamais corrompu personne.

Un jour est venu cependant à partir duquel le grand voyageur s'est reposé. C'est celui où il a été nommé à l'Académie. Il l'aimait trop pour s'absenter longtemps. Depuis ce jour il n'a plus mené que la vie d'un curieux. Ne le plaignons pas pour cela. La curiosité n'est-elle pas une des grandes consolatrices de l'homme et, quand l'ambition s'envole en ne laissant que mécomptes ou regrets, n'est-ce pas elle qui donne encore du prix et du charme à ce qui nous reste d'années? Désormais ses voyages se borneront à la région qui s'étend du pont Royal au pont des Arts. Mais là encore il faisait des découvertes. Vous nous avez, Monsieur, raconté avec beaucoup de charme ces joies du bibliothécaire qui parmi les volumes confiés à sa garde découvre quelque exemplaire de prix. Mais elles sont, je crois, peu de chose auprès de celles du bibliophile qui, dans le casier d'un bouquiniste, met la main sur quelque livre rare et qui s'enfuit avec son trésor. Toutes les trouvailles que faisait M. Marmier n'étaient pas cependant de nature aussi agréable. Je me suis laissé raconter que d'un de ces casiers il exhuma un jour un de ses propres ouvrages avec une dédicace à un ami. Mais il n'en conçut point de mauvaise humeur, car jamais homme n'a poussé moins loin que lui l'amour-propre d'auteur, et si, comme vous nous l'assurez, il se faisait sur ce point quelques reproches, c'est qu'il avait trop de scrupules : « — M. Marmier lui demandait un jour un maladroit, est-ce que vous ne pourriez pas m'indiquer une histoire du Danemark? — Mais j'en ai fait une, » répondit-il avec bonhomie, et quand plus tard le maladroit (j'en puis parler, car c'était moi) vint lui demander sa voix pour l'Académie, il la lui promit avec bonne grâce malgré notre règlement.

C'est ainsi qu'il a vécu jusqu'à la fin, aimable et souriant, étranger aux querelles, aux rivalités, aux passions, détaché des choses sans y être devenu indifférent, de plus en plus tourné vers les pensées graves, aimant la vie parce qu'il la trouvait bonne encore, ne redoutant point la mort parce qu'elle lui semblait un passage. Dans son petit appartement de la place Saint-Thomas-d'Aquin, et plus tard de la rue de Babylone, entouré de ses chers livres, et de ses non moins chers souvenirs, le voyageur a fini en ermite. C'est une noble vie que la sienne, vouée tout entière aux délicates joies de l'esprit, et, savez-vous en l'étudiant quelle pensée m'est venue : c'est que dans les temps où nous vivons, ceux-là pourraient bien être non seulement les sages, mais les heureux qui, se dérobant aux mirages de l'action, et aux contradictions de

la lutte, n'ont point voulu être autre chose que des
amants éclairés du beau, des chercheurs obstinés du vrai
et des serviteurs désintéressés de la pensée. De pareils
hommes se font rares de nos jours, et leurs rangs semblent s'éclaircir. La France a perdu naguère un des meilleurs parmi les plus grands et, quand vous viendrez prendre
siège à l'Académie, vous la trouverez encore en deuil de
M. Taine. Mais à cette phalange on peut appartenir
à des titres divers. Votre culte élevé de la poésie vous y
assure, Monsieur, une place. Par son amour des lettres,
votre prédécesseur a mérité également d'en faire partie,
et vous me saurez gré, je l'espère, d'avoir associé dans
un même sentiment son souvenir à votre bienvenue.

Paris. — Typographie de Firmin-Didot et Cⁱᵉ, impr. de l'Institut, rue Jacob, 56. — 29898.